À Timothée Duboc, affectueusement.
Jo.

Miranda, reine du cirque

Une histoire écrite par Jo Hoestlandt
illustrée par Pef

BAYARD POCHE

Présentation des personnages :

I

Trapéziste comme maman

Je m'appelle Miranda. Bon, je sais, c'est un prénom à la noix. Mais ce n'est pas moi qui l'ai choisi, et dans ma famille tout le monde a un prénom bizarre. Mon père s'appelle Stromboli, ma mère

Vénus, mon grand frère Picador, et mon petit frère Cupidon. J'ai aussi une tante Irma, et un oncle Groucho. Tout ça, c'est parce qu'on est tous nés dans un cirque, notre cirque.

Mon père est dompteur, ma mère trapéziste, mon grand frère prestidigitateur. Mon oncle est clown, ma tante voyante, mon petit frère est un amour.

Et moi, j'étais nulle.

J'avais toujours été nulle. Depuis le début. Je ne sais pas pourquoi. J'essayais de faire comme les autres. Mais je n'y arrivais pas. Je regrettais. Mais ça ne changeait rien du tout.

Quand j'ai eu cinq ans, ma mère a commencé :

- Miranda, ma chérie, ma toute belle, tu vas devenir reine du trapèze, comme moi !

Pour cela, gare aux kilos en trop. Plus de bonbons, plus de gâteaux ! Au régime : grillades et salades ! Et maman s'est mise à coudre pour moi un ravissant petit body argenté, orné de plumes de cygne. Elle y a passé beaucoup de temps. Quand elle a fini de le coudre, elle me l'a fait essayer.

- Oh, s'est-elle exclamée, ravie. Quelle jolie petite trapéziste tu vas être ! Tourne-toi que je t'admire ! Parfait !

Toute la famille est venue m'admirer. Et, sauf mon grand frère Picador, qui a trouvé que je ressemblais à une meringue sans chocolat, tout le monde m'a trouvée ravissante.

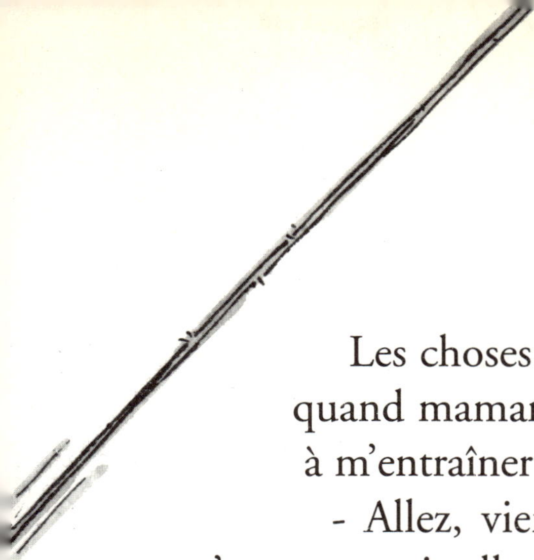

Les choses se sont gâtées quand maman a commencé à m'entraîner sur le trapèze.

- Allez, viens, ma belle ! m'encourageait-elle d'en haut.

- Allez, monte, ma grande, m'incitait papa en faisant de grands gestes.

- À part te péter les deux jambes, tu ne risques rien ! pouffait Picador.

- Ne l'écoute pas, conseillait Tante Irma, j'ai lu dans ma boule de cristal que tu vivrais vieille.

Moi, je faisais ce que je pouvais. Je ressemblais à une grenouille accrochée à un roseau et qui se demande dans quelle mare elle va tomber.

Poussée par papa, tirée par maman, je me suis finalement retrouvée en haut. Et ça a encore été pire. Je me suis mise à pleurer.

- Voyons, a dit maman, c'est facile, tu vas voir ! Installe-toi sur la balançoire, on va te pousser gentiment, et tu vas te sentir légère, comme un oiseau !

Et cette satanée balançoire s'est mise à balancer, et, moi, je sentais mon petit déjeuner qui se balançait aussi dans mon estomac. J'ai crié :

- Arrête, je vais vomir !

Alors maman a arrêté la balançoire, et j'ai pu descendre. Picador a dit que j'étais aussi verte qu'un concombre ! Maman était très déçue. Elle a soupiré :

- Miranda a le vertige. Elle ne sera jamais reine du trapèze. Tant pis !

J'ai enlevé ma belle combinaison argentée et maman l'a jetée au fond d'un grand coffre de bois en espérant :

- Cupidon, ton frère, peut-être...
- Allez, viens, ma poulette, m'a dit Tante Irma en m'entraînant dans sa roulotte, on va se consoler en faisant quelques crêpes.

Petit à petit, grâce à elle et aux crêpes, mon chagrin s'est enfui.

2

Dompteuse comme papa

Quand j'ai eu six ans, papa a annoncé :

- Miranda va devenir dompteuse, comme moi. Dans la cage aux lions, on n'a pas le vertige !

Alors maman m'a cousu une jolie petite robe de Tarzane en peau de léopard, et papa m'a acheté un très mignon petit fouet.

J'ai enfilé ma tenue, et papa m'a expliqué :
- Tu regardes Majesté, c'est notre lion, droit dans les yeux, et tu lui parles d'une voix ferme. Il faut qu'il comprenne tout de suite que tu es sa maîtresse.

Et il a ouvert la porte de la cage. Majesté était couché et ronflait.

J'hésitais à rentrer, et c'est Picador qui m'a poussée dans la cage en braillant :
- Tiens, Majesté ! Je t'apporte ton petit-déjeuner au lit !

Cet idiot a réveillé le lion, qui a ouvert ses deux grands yeux, et tout de suite après sa très grande gueule. En un éclair, je me suis vue dedans, avec juste mes deux petits pieds qui dépassaient et s'agitaient pour dire adieu à ce monde cruel. Je suis restée clouée sur place par la terreur.

Picador continuait de se moquer :

- Courage, Majesté ! Miranda ne va pas te manger !

Majesté s'est levé, il s'est avancé lentement vers moi. Mes dents se sont mises à claquer, et, tout à coup, j'ai retrouvé mes jambes et je me suis mise à courir comme si j'avais le feu aux fesses.

- Ne cours pas, Miranda, a crié papa, ça excite le lion !

Majesté s'est mis à courir après moi.

Papa courait après Majesté. Je courais, je courais, sans trouver la sortie.

Finalement, Majesté l'a trouvée avant moi, et il est sorti, créant une belle pagaille dans le campement

- Stromboli ! a crié Tante Irma de sa fenêtre de caravane. Range tes affaires ! Il y a ton lion qui traîne !

Majesté s'est arrêté devant le berceau de Cupidon, qui lui a souri et lui a fait mille gazouillis.

- Ouf ! s'est exclamé papa en récupérant le fauve, heureusement que Cupidon était là pour arrêter le lion. Miranda ne sera jamais dompteuse ! Elle n'est pas assez courageuse ! Cupidon, peut-être...

Et il m'a repris mon mignon petit fouet en disant :

- Je le mets de côté pour ton petit frère.

J'ai ôté toute seule ma robe de Tarzane qui est allée rejoindre ma combinaison de trapéziste dans la malle aux souvenirs. Je me sentais triste, mais, heureusement, Tante Irma m'a appelée :

- Viens un peu là, ma cocotte, on va se faire quelques beignets.

La bonne odeur de friture chaude m'a remonté le moral, et à la première bouchée j'ai tout oublié : mes beignets étaient fameux.

3

Clown comme Tonton

Quand j'ai eu sept ans, mon oncle Groucho, à qui personne n'avait rien demandé, s'est brusquement mêlé de mon éducation. Il a dit à ma mère :

- Ta fille n'est pas capable d'être trapéziste.

Puis il s'est tourné vers mon père :

- Stromboli, tu as vu qu'elle n'était pas capable d'être dompteuse non plus.

Mon oncle Groucho a rajouté :
- Moi, je te propose de faire d'elle la reine des clowns. Qu'en dis-tu ?
- Si tu veux ! a soupiré papa.

Maman s'est remise à sa machine à coudre.

Elle m'a taillé un pantalon qui me faisait des fesses de mammouth, un nœud qui n'avait de papillon que le nom, et Picador m'a donné ses vieilles godasses dont la semelle pendait comme une langue. Puis il m'a dégoté une perruque vert fluo, qui me faisait une tête de perroquet.

- Ce qu'elle est moche ! s'est exclamée maman, catastrophée.
- C'est très réussi ! s'est réjoui mon oncle. Les gosses vont l'adorer !

Il m'a dit de venir le rejoindre au milieu de la piste, mais j'ai fait trois pas, et je me suis cassée la figure à cause des grandes godasses.

- Bravo ! s'est encore réjoui mon tonton. Attends, je vais t'envoyer un coup de pied dans les fesses pour te relever !

Et il l'a fait, cet abruti ! Je me suis mise à crier.
- Stop !

Mais personne n'a rien entendu parce que mon cri s'est noyé dans le jet d'eau qu'il m'a envoyé en pleine figure en soufflant dans son idiote de trompette.

Alors là, j'en ai eu plus qu'assez. J'ai arraché ma perruque verte dégoulinante, mes godasses qui rigolaient et mon faux pif. Je me suis extirpée de mon grand pantalon et me suis sauvée en petite culotte sous les rires et les applaudissements de ma famille. Elle pensait que j'étais en train d'inventer un nouveau numéro.

Je me suis enfermée dans notre roulotte pour cuver ma rage. Maman et papa sont venus me rejoindre. J'ai crié :

- Inutile d'insister, je ne serai jamais clown ! Même s'il ne me restait plus que cela à faire pour ne pas mourir de faim.

- Dommage ! a dit papa. Pour une fois, je trouvais que tu étais plutôt douée.

Maman m'a embrassée en disant :

- Je te comprends. Moi non plus, cela ne m'aurait pas plu.

Et elle a rangé mon costume et tous ses accessoires dans le grand coffre.

Ma tante Irma a passé la tête par la fenêtre de la roulotte. Elle a demandé à maman :

- Tu me prêtes ta fille ? J'ai besoin d'aide pour ma tarte aux pommes.

Maman a dit qu'elle n'avait pas besoin de moi, que je pouvais y aller. Alors j'ai épluché les pommes, les ai coupées en très fines lamelles. J'ai roulé la pâte.

- C'est bien, m'a dit Tante Irma.

Ça m'a fait chaud au cœur. Le soir, tout le monde s'est régalé grâce à moi.

4

Écuyère comme Pépita

Un jour, j'avais huit ans, une belle étrangère est arrivée dans notre cirque. Elle s'appelait Pépita... C'était une merveilleuse écuyère, et tout le monde au cirque, artistes et spectateurs, tout le monde est tombé amoureux d'elle.

Pépita avait une voix de petit oiseau et des yeux très noirs où dansaient deux minuscules croissants de lune.

Pour la première fois, j'ai eu un rêve, un vrai rêve. Je voulais lui ressembler, moi qui ne ressemblais à personne. Un jour de grand courage, je lui ai dit :

- Pépita, je voudrais être écuyère.

- Pourquoi, petite ? a demandé Pépita de sa voix d'oiseau.

C'était une question toute simple, mais je n'avais pas de réponse aussi simple. Alors, je suis restée muette, à regarder ses yeux de nuit profonde.

Comment lui dire que je n'avais jamais vu une personne plus belle qu'elle et que je voulais être comme elle ?

- Tu ne veux pas m'entraîner ? ai-je supplié.

Elle a hésité longuement. De la main,

elle tenait son cheval. Lui, la tête penchée vers elle, semblait écouter tout ce qu'elle disait, et même ses silences.
- D'accord, petite ! a-t-elle dit gracieusement.

Il m'a semblé n'avoir jamais été aussi heureuse de ma vie ! Pour la première fois, j'avais confiance.

J'allais devenir une merveilleuse écuyère comme Pépita ! Les gens auraient pour moi des regards d'adoration. Mon père, mon frère, ma mère et toute ma famille, plus personne ne douterait de moi.

Pépita et moi, on a décidé de ne rien dire à personne. Ce serait notre grand secret, à toutes les deux.

Je me suis mise à l'entraînement avec ardeur. Pépita avait de la patience. Elle n'a pas ri quand le cheval a démarré avant que je sois montée sur son dos, et qu'il m'a traînée quelques mètres sur les fesses dans le sable de l'arène. Elle n'a pas ri quand il est parti au galop et que, accrochée à sa crinière, j'ai poussé des cris de putois.

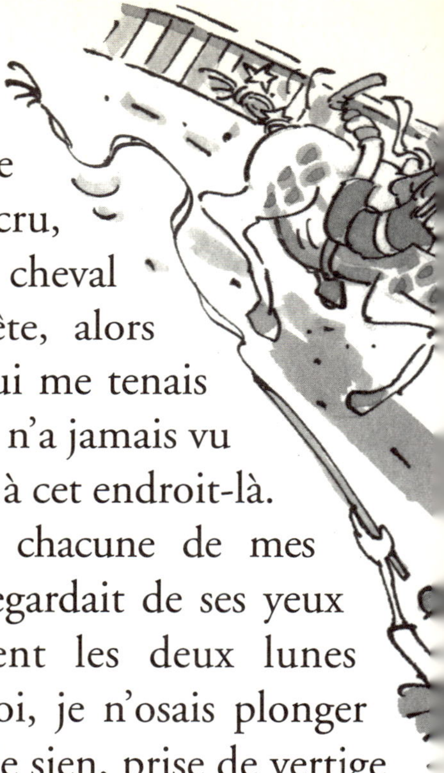

Elle n'a pas ri, non plus, à ma première voltige quand j'ai cru, hallucinée, que le cheval avait perdu sa tête, alors que c'était moi qui me tenais à l'envers et qu'on n'a jamais vu une tête de cheval à cet endroit-là.

Simplement, à chacune de mes bévues, elle me regardait de ses yeux noirs où dansaient les deux lunes minuscules. Et moi, je n'osais plonger mon regard dans le sien, prise de vertige comme au plus haut du chapiteau.

C'est le cheval qui s'est lassé le premier. Il s'est mis à se sauver quand je voulais le monter. Il ruait si je l'approchais de trop près. Alors, Pépita a déclaré :

- Désolée, Miranda, mais il n'y a rien à faire à cela ! Ce n'est la faute de personne.

Tu as fait ce que tu as pu, le cheval aussi. Mais entre l'écuyère et son cheval, vois-tu, il doit y avoir un amour, une confiance aveugles. Si ce n'est pas le cas, cela ne marche pas. Désolée, Miranda, tu ne seras pas écuyère… Ce n'est pas grave !

Elle m'a souri en rajoutant :
- Il y a des millions d'autres choses à faire sur terre. Tu trouveras, j'en suis sûre...

Elle est repartie, un peu plus tard, loin de notre cirque. Longtemps, elle m'a manqué très fort. Et puis, petit à petit, je me suis habituée à la savoir loin. Loin comme le croissant de lune qui brûle au fond de la nuit...
- Tu fais de bien beaux croissants, ma petite ! s'est exclamée Tante Irma.

Je ne lui ai pas dit que j'avais cuit ces croissants dorés en souvenir des yeux de Pépita... J'ai souri à Tante Irma. Puis j'ai soupiré au-dedans de moi. Qu'était-ce qu'un petit croissant de rien du tout quand on avait voulu la lune ?

5

Prestidigitateur comme Picador

Quelque temps plus tard, juste avant mes neuf ans, Picador est venu me trouver en grand secret :
- Miranda, j'ai la solution à tous tes problèmes.

Et je l'ai cru parce qu'il est mon grand frère et qu'il sait presque tout.

Picador m'a dévoilé son projet :
- On va monter un superbe spectacle de magie. Tous les deux. On sera Picador et Miranda, les rois de l'illusion. Qu'en dis-tu ?

J'ai balbutié, pleine de regrets :
- Je ne crois pas que j'y arriverai...
- Mais si ! s'est écrié Picador. Parce que tu vas avoir le meilleur professeur du monde : moi.
- Je n'ai pas de costume...
- Maman t'en fera un, un peu plus tard. Tiens, prends la couverture du chien pour te faire ta cape, et la baguette de pain comme baguette magique. On va commencer par un truc facile : sortir une ribambelle de foulards d'un chapeau. Regarde bien comment je fais. Tu vois ! Ce n'est pas sorcier ! À toi, petite sœur !

Je me suis appliquée, mais les foulards coinçaient. J'ai tiré dessus. Crac ! je les ai déchirés. Ils sont ressortis en lambeaux. Catastrophée, j'ai regardé Picador.
- Bah, a dit Picador gentiment, c'était de la camelote, ces foulards. Ne t'en fais pas, on continue. Tu vas faire apparaître un lapin. Mais, s'il te plaît, ne le fais pas arriver en petits bouts lui aussi, ce n'est pas l'heure du dîner !

J'ai éclaté de rire. Je trouvais mon grand frère génial, ce jour-là. J'ai fait tout exactement comme il me le disait : abracadabra et tout ça, tout ça.

À la fin, j'ai renversé le chapeau, et qu'est-ce qu'il en est sorti ? Trois petites crottes de lapin, et puis c'est tout. Je n'y comprenais rien, et Picador non plus.

- Où est passé le lapin ? a-t-il dit, contrarié. Tu ne l'as pas fait disparaître pour de vrai, tout de même ?

J'ai balbutié :

- Non, je ne crois pas...

Mais je n'étais sûre de rien. On a cherché le lapin partout. On ne l'a trouvé nulle part. Mais on a aperçu notre lion, Majesté, qui se léchait les babines, et on a été pris d'un doute terrible.

- Miranda ! Tu n'aurais pas transmuté mon lapin dans la cage au lion par hasard ? m'a demandé Picador d'une voix horrifiée.

J'ai fait un non énergique de la tête, mais j'avais envie de pleurer parce que Majesté semblait s'être bien régalé et que ce n'était pourtant pas l'heure de son dîner.

Picador n'a plus voulu me voir ni me parler. Il a dit que le jour où on inventerait un numéro d'andouilles, j'aurais toutes mes chances. Mais qu'en attendant je m'ôte de son chemin. Il ne voulait plus rien avoir à faire avec un assassin de lapin !

- Tu erres comme une âme en peine ! a constaté Tante Irma qui astiquait sa boule de cristal.

Je me suis assise près d'elle. Je ne disais rien. Elle non plus. Elle continuait à frotter sa boule de cristal avec ses pauvres doigts tordus.

À la fin, je me suis décidée :

- Tante Irma, qu'est-ce que je vais devenir ?
- Je n'en sais rien, ma Minouche, a avoué Tante Irma.
- Comment ça, tu n'en sais rien ? Mais tu es la reine des voyantes ! Si, toi, tu ne le sais pas, qui le saura ?
- Toi, ma colombe. Toi seule, au fond de toi, tu le sais, ma chérie..., a dit Tante Irma mystérieusement.

J'ai secoué la tête :
- Non, je ne le sais pas. Tout ce que je sais, c'est que je suis bonne à rien, à rien du tout.

Tante Irma a réfléchi. Elle m'a posé sa boule de cristal sur les genoux et m'a demandé :
- Et, toi, que vois-tu ?

J'ai bien regardé, et je m'y suis vue, allongée, agrandie par la courbe du verre.

- Je me vois.
- Tu te vois comment ?
a insisté Tante Irma.
- Plus grande.
- C'est ça !
a approuvé
Tante Irma.
C'est ça,
le secret.
C'est qu'au fil
de la vie,
chaque jour,
on grandit.
Et qu'en
grandissant
on apprend à vivre.
Toi aussi, chaque
jour, tu apprends.
Et tu apprends bien,
ne t'inquiète pas.

J'ai posé ma tête sur les genoux de Tante Irma, et elle m'a caressé les cheveux doucement, de ses maigres doigts crochus.

Le soir tombait sur le cirque, et la grande tente était comme une belle jupe

de paysanne gonflée de vent. Je me suis dit que j'aimais le cirque, même si je n'y étais bonne à rien. Que c'était là que je voulais vivre plus tard. J'espérais que, comme me l'avait prédit Tante Irma, j'y trouverais ma place.

Quand il a fait nuit, les spectateurs sont arrivés. Tout le monde s'est préparé pour le spectacle. Tante Irma a commencé de dire à chacun la bonne aventure. Elle n'avait plus le temps de s'occuper de moi, plus personne n'avait le temps de s'occuper de moi. Je suis rentrée dans ma roulotte. Je cherchais quoi faire pour me rendre utile.

6

Miranda, reine du cirque

C'est alors que j'ai eu mon idée. Elle m'a semblé lumineuse. Je me suis mise au travail, heureuse.

Et j'ai préparé de la pâte à beignets, de la pâte à crêpes, de la pâte à tartes, et à galettes aussi. Et j'ai coupé les fruits, beurré les moules, chauffé les huiles et le four. J'ai plongé la pâte à beignets dans la friture, fait valser les crêpes au plafond pour la plus grande joie de mon petit frère, Cupidon. Et j'ai surveillé mes tartes et mes galettes pour qu'elles soient dorées à point. La bonne odeur se répandait dans la roulotte, puis elle s'est échappée dehors.

Les gens, qui sortaient pendant l'entracte, ont commencé à s'approcher, comme attirés par un aimant puissant et invisible.

J'entendais les enfants s'exclamer :

- Hum ! Ça sent bon !

La tête d'un papa s'est encadrée dans ma petite fenêtre :

- Je voudrais une part de tarte et deux parts de galette, s'il vous plaît !

Je les ai servis, ils m'ont donné des sous. Une queue s'est formée sous ma fenêtre, une longue queue de clients gourmands. Je n'avais pas assez de mes deux mains pour servir tout le monde !

J'entassais mes sous dans un pot de confiture vide, et chaque pièce qui y tombait tintait comme un grelot.

À la fin de l'entracte, tout le monde est retourné sous le chapiteau voir la suite et la fin des numéros. J'étais épuisée, mais si heureuse !

Quand le spectacle a été fini, tout le monde est rentré chez soi. Et mes parents sont rentrés aussi dans notre roulotte. Alors je leur ai montré tous les sous que j'avais gagnés. Vous auriez vu leur tête ! J'ai dû reprendre mon récit plusieurs fois pour qu'ils y croient.

Mon frère Picador, surtout, n'en revenait pas. Il comptait et recomptait mes sous d'un air époustouflé.

Mes parents ont appelé Oncle Groucho et Tante Irma pour leur raconter.
- Je le savais, a dit Tante Irma, je le savais, que cette petite avait des dons exceptionnels.

Et comme elle était voyante, tout le monde l'a crue.

C'est ainsi que papa, Picador et Oncle

Groucho ont fabriqué une jolie petite roulotte rien que pour moi.

À l'entracte, maintenant, je débarque au milieu de la piste, tirée par deux très beaux chevaux blancs. Au fronton de ma roulotte est inscrit en lettres d'or :

« Miranda, reine des pâtissières »

Tous les spectateurs, du haut des gradins, se précipitent vers moi, et tout le monde est d'accord pour dire qu'au Cirque Fantastique, bientôt, la grande vedette, ce sera moi : Miranda.

FIN

3, rue Bayard, 75008 Paris
ISBN : 2 7470 0054-0
Dépôt légal : avril 2001
N° d'éditeur : 6737
N° d'imprimeur : 89400
Loi 49-956 du 16 juillet 1949 sur les publications destinées à la jeunesse